DRÔLES DE PETITES BÊTES

Gallimard Jeunesse / Giboulées sous la direction de Colline Faure-Poirée

Histoires de Zabeth la Chouette

Odilon le Grillon

Marie la Fourmi

Antoon Krings

Raconté par :
Alix Poisson, Camille Garcia, Isabelle Andréani
Mise en scène : Clément Poirée
Composition musicale et sonore : Louis Dandrel
Ingénieur du son : Alain Richon
Enregistrements et mixage : studio Diasonic
Durée totale de l'enregistrement : 28 mn 46

GALLIMARD JEUNESSE GIBOULÉES

Zabeth la Chouette

Affreusement timide, César rêvait souvent en secret d'être la plus grande, la plus forte, la plus inquiétante et la plus… terrible créature du jardin, une grosse bête sautant et grondant au milieu d'une foule de petites bêtes surexcitées qui dansaient à ses pieds comme autant de feux follets et hurlaient de joie : « Par la fée Carabosse, la vilaine, la féroce, que les citrouilles se carrossent, que les balais se brossent, désormais c'est lui le Boss ! »

César s'abandonnait tout heureux à son rêve quand soudain, dans le jardin profondément endormi, un cri strident, sauvage, retentit et le fit trembler de tous ses membres. Effroyable présage, pensez-vous, mais plus effroyable encore fut l'instant suivant où, à la défaveur d'un rayon de lune, il aperçut, collé à sa fenêtre, une face ronde avec un nez crochu comme un bec et deux yeux brillants qui lançaient des éclairs, deux grands yeux jaunes dont le regard tomba droit sur lui et ne le quitta plus.
Ainsi hypnotisé, César avança lentement vers Zabeth la chouette. « Belle Zabeth, auguste oiseau des ténèbres, marmonna-t-il, j'obéis à ta voix impérieuse. »

Alors, d'une voix lugubre, roulant des yeux terribles, la sorcière prononça quelques mots sulfureux et, dans un nuage de fumée âcre, transforma le lézard en charmant dragon ailé. Une fois la fumée dissipée, Zabeth contempla son travail.

– Eh bien, cria-t-elle, qu'as-tu à rester planté là comme un gros crapaud ! Tu as perdu ta langue ?

– Oh marraine, bonne fée, balbutia César émerveillé, la… la taille est parfaite.

– Bien, dit la sorcière, radoucie. Et tes ailes ? Comment tu les trouves ?

– Oh, des vraies ailes de dragon ! s'écria César en regardant par-dessus son épaule. Et il les agita pour mieux montrer son contentement.

– Bon, voyons la couleur maintenant. Tu ne la trouves pas un peu trop… criarde ?

– Oh non, pas trop, répondit César, très intrigué de sentir sur le bout de sa langue un curieux goût de brûlé.

– Diable, mais je flambe, marraine !
– Bien sûr que tu flambes, dragon, et tu craches même le feu !
– Ouaaah ! Ouaaah !
– Allons, allons, continua Zabeth, un peu échauffée. Pour les écailles argentées, les cornes et la queue fourchue, c'est en option.
– Mais un dragon, ça a des cornes, marraine !
– Taratata, en option j'ai dit. Et cesse de m'appeler marraine ou bonne fée, ça commence à m'horripiler.
– De toutes petites cornes de rien du tout...
– Et puis crotte ! s'écria la sorcière. On va pas y passer la nuit. Tiens, les voilà, tes cornes !
– Ah, c'est mieux comme ça ! s'exclama César en pointant fièrement vers Zabeth ses nouveaux attributs. C'est même parfait.

Et soudain, pris d'un élan de tendresse, il se jeta au cou de la sorcière et lui fit un baiser, un baiser brûlant bien sûr. Puis il se mit à sauter et à bondir d'un bout à l'autre du jardin en faisant un horrible vacarme.
Zabeth, qui partageait visiblement son excitation, le suivit toute la nuit durant en poussant des cris perçants. Mais, dès les premières lueurs du jour, la chouette vola sagement vers son arbre et, d'une voix chargée de sommeil, souhaita bonne nuit à la compagnie. César ne s'en aperçut même pas, tellement il était fier de parader en dragon ailé dans les allées du jardin. « Ouaaah ! Ouaaah ! La tête qu'ils vont faire », pensait-il.

En effet, je ne vous dis pas la tête que firent les petites bêtes en découvrant ce matin-là un monstre dans leur jardin. La première à en faire les frais fut la plus matinale d'entre elles : Mireille l'abeille.

La butineuse s'apprêtait à faire sa récolte de pollen quand soudain une voix étrange, accompagnée d'un mystérieux mâchonnement, la fit tressauter : « Scrrrr ! Scrrrr ! Hum… délicieuses ces roses, vraiment très rafraîchissantes avec cette légère rosée et… hum… avec les piquants, ça relève bien le goût. »

Après quelques secondes de stupeur, l'abeille se mit à pousser de grands cris, puis, prise de panique devant le dragon ahuri, elle fila à tire-d'aile chez son voisin le plus proche : Benjamin.

– Mais puisque je te le dis, Benjamin! Je l'ai vu de mes propres yeux, là, ici, dans le jardin, dans notre jardin… Un monstre… un ÉNORME monstre, grand comme un dragon, hideux et tout vert, dévorant mes roses à pleines dents.
– Allons, allons, voyons, Mireille, les dragons, ça n'existe que dans les contes de fées.
– Tout comme les lutins, rétorqua l'abeille furieuse.
Faisant mine de ne pas comprendre, le vieux bonhomme étreignit sa barbe blanche et réfléchit…
– Tu veux que je te dise, Mireille, eh bien je pense que ce sont les pucerons qui te font du mouron. Je ne sais pas ce qu'ils ont cette année, mais ils sont particulièrement gros et voraces…

… Allez, oublie tout ça et viens plutôt m'aider à allumer le « barbe-cul », nous allons faire griller des marrons.
Et, sans plus attendre, il se mit à souffler sur son feu.
– Agite les ailes, Mireille, plus fort, encore plus fort… Tu vois bien qu'il ne veut pas prendre, le bougre.
C'est alors que le dragon cracheur de feu, qui brûlait d'envie de faire son numéro, poussa l'abeille d'un coup de queue.
– Vous désirez du feu ? lança-t-il.
Et, en moins de temps qu'il n'en faut pour le dire, le « barbe-cul » s'embrasa.

Et, en moins de temps qu'il n'en faut pour l'écrire, ce fut la panique, la débandade : « Au secours ! À l'aide ! Au feu ! Un dragon, un terrible dragon ! » Le terrible dragon eut beau leur courir après en criant : « N'ayez pas peur ! Ce n'est que moi : César ! », les volets claquèrent, les portes se verrouillèrent et il se retrouva bientôt tout seul au milieu du jardin.

Alors, terriblement désenchanté et ne sachant plus quoi faire, le pauvre César appela la sorcière dans son arbre.
– Madame la chouette, madame la chouette, réveillez-vous!
Zabeth ouvrit lentement un œil sur le dragon :
– Qu'est-ce que c'est encore?
– C'est que… balbutia César embarrassé, je ne me sens pas très bien dans ma peau. À vrai dire, marraine, je me préférais en lézard.
Médusée, la chouette faillit tomber de sa branche.
– Quoi? Mais qu'est-ce que tu me racontes là? Tu es magnifique en dragon!
– Oh oui, bien sûr, marraine, mais on ne peut pas plaire à tout le monde. Et puis un dragon, ça n'a pas sa place dans le jardin, ça n'a rien à faire dans un jardin.

La chouette, qui voulait dormir, ne chercha pas à en savoir davantage :
– Eh bien, tant pis pour toi, lui dit-elle, si tu le désires tellement, retourne à ta pauvre petite vie d'avant.
Et, en un clin d'œil, César redevint le lézard que tout le monde connaissait, mais que personne ne s'attendait à voir, un jour comme celui-ci, sauter de joie dans le jardin.
– Qu'est-ce que tu fais là ? chuchota soudain une petite voix effrayée. Sauve-toi vite ! Le dragon va te…
– Le dragon, dit César en riant, il est parti et il ne reviendra plus. Je l'ai envoyé là-bas, très loin, dans le jardin d'à côté.

À peine avait-il annoncé cette bonne nouvelle qu'on entendit de l'autre côté du jardin une voix tonitruante : « Oh, le monstre ! Regardez dans quel état il a mis mes fleurs… Et je t'ai déjà dit cent fois de ne pas jouer avec les allumettes. Allez, rentre à la maison et file dans ta chambre ! »
Alors, une à une, les petites bêtes sortirent de leurs cachettes en chantant joyeusement : « Il est puni ! Bien fait pour lui ! »
Zabeth, qui n'avait pas fermé l'œil de la journée, commençait à être fatiguée par tout ce remue-ménage. « Les histoires de sorcellerie, de dragons, ce n'est vraiment plus de mon âge. Je ne suis qu'une vieille chouette, dit-elle en volant vers la forêt. Il serait plus sage que je ne sorte pas cette nuit… à moins que j'aille chasser une ou deux souris. »

Odilon le Grillon

Après ces longs mois d'hiver sans musique et sans joie, Pascale avait oublié tous ses airs. « Fini le temps des cerises, les rires, les danses… Nous n'irons plus au bois et à la claire fontaine », soupira-t-elle en contemplant avec tristesse le jardin qui, dans l'insouciance des beaux jours retrouvés, lui murmurait : « Chante, petite cigale, chante ! »
Elle essaya une nouvelle fois sa voix, mais en vain : sans refrain, le cœur n'y était pas. Alors, toute dépitée, elle retourna se coucher. À peine fut-elle endormie qu'un chant familier, venu du fond du jardin, dispersa bientôt les sombres nuages de ses rêves. D'un bond elle fut à sa porte.
« Le grillon ! s'écria-t-elle, c'est lui ! »

Et c'était bien vrai ! Il était là, le grillon, vêtu de morceaux rapiécés et tirant à lui tout seul une vieille guimbarde à musique dont il remontait la clé régulièrement.
– Odilon, grillon des champs et des foyers, musicien de mon métier, dit-il en faisant une vague révérence. Puis, tendant un chapeau crasseux, il ajouta : À vot'bon cœur, mam'zelle, voulez-vous toutes mes ritournelles ?
– Toutes ! s'empressa de lui dire la cigale.
– Toutes ? Eh bien c'est parti, mam'zelle ! s'écria le grillon en lançant la musique, et n'oubliez pas d'être là au refrain.
La cigale ne l'oublia pas et en reprenant le refrain retrouva la chanson. Le grillon tendit de nouveau son chapeau jusqu'à ce qu'il fût bien remercié. « À vous revoir, mam'zelle ! » lâcha-t-il. Et, agitant joyeusement le gibus, il mit sa guimbarde en branle et s'en alla jouer sa musique ailleurs.

Quelques représentations plus tard, notre baladin se présenta à la ruche. La reine des abeilles, qui d'habitude n'aimait pas être dérangée, accueillit la visite impromptue du grillon avec des transports de joie. « Allons, allons, pressons, mesdames ! s'écria-t-elle en agitant ses petits bras potelés. Je brûle d'envie d'entendre sa mélodie. »

À la vue d'Odilon, la reine resta un instant bouche bée. Elle semblait visiblement déconcertée par l'apparence peu reluisante de son hôte.

– Ainsi vous êtes un grillon, dit-elle enfin du bout des lèvres. Je n'en avais jamais vu jusqu'ici… ni entendu d'ailleurs. Pourtant il se dit au jardin — des abeilles me l'ont rapporté, Mireille pour ne citer qu'elle — que vous chantez à merveille.

– C'est trop de grâce, Vot'Majesté, s'empressa de dire Odilon. À vrai dire, c'est à ma boîte à musique que je dois tout le mérite.

– Eh bien, voyons comment cela marche, dit la reine en regardant avec intérêt la mécanique. Je suis tout ouïe.
Alors, sans plus attendre, le grillon s'exécuta et se mit à jouer ses plus belles ritournelles.
Lorsqu'il eut épuisé tous ses airs, Sa Majesté le félicita brièvement :
– Bravo ! dit-elle. Et maintenant voyons de plus près cette merveilleuse boîte à musique.
Elle tourna autour de l'instrument afin de l'examiner minutieusement.
– J'peux vous montrer comment on s'y prend, Vot'Majesté, proposa timidement le grillon.
– Que me chantes-tu là, pauvre croque-note ? lui dit la reine d'un air pincé. Je ne suis pas si sotte. Va plutôt annoncer à tous les habitants du jardin que ce soir je donne un récital.
– Mais, V-v-vot'Maj-j-jesté… bredouilla-t-il en avançant son chapeau.
– Allez, va-t'en ! dit-elle avec impatience. J'ai tout juste le temps de m'apprêter.

Odilon n'eut pas d'autre choix que d'obéir. Il courut prévenir le petit monde du jardin. Et le soir même une foule de curieux se pressa autour de la ruche pour assister au premier récital de la reine. Lorsque celle-ci apparut tout empanachée et vêtue de ses plus beaux atours, la foule se mit à l'acclamer : « Bravo ! Bravo ! Bravo ! »

Alors, avec l'assurance d'une grande artiste, la reine posa une main sur la vieille guimbarde du grillon et salua son public d'une profonde révérence. Tous, à l'exception d'Odilon qui faisait une triste mine, applaudirent et lui réclamèrent des chansons : « Des chansons ! Des chansons ! »

La reine se contenta de sourire. « Rien de très compliqué, pensa-t-elle, il suffit de tourner la clé. » Malheureusement, Sa Majesté était gauchère et elle tourna la clé à l'envers. En remontant ainsi la mécanique, elle déglingua la vieille guimbarde qui, à grand fracas, déroula tous ses airs de travers.

– Assez ! Pitié ! supplia Benjamin en se bouchant les oreilles. Arrêtez tout de suite cette épouvantable cacaphonie !
À ces mots, la foule s'esclaffa bruyamment et reprit moqueuse : « Cacaphonie ! Cacaphonie ! »
– Arrêtez immédiatement cet effroyable zinzin, implora de nouveau Benjamin.
– Impossible ! Elle ne veut plus se taire ! hurla la reine en martelant de son sceptre la pauvre guimbarde. Puis, apercevant soudain le grillon dans la foule, elle lui cria : Tiens, tu peux la reprendre si cela te chante… Moi, j'ai autre chose à faire que de taper sur une vieille casserole !
Et, tirant rageusement sur sa traîne, elle quitta la scène précipitamment.
– C'est ça ! Madame prend ses cliques et ses couacs et pour nous par ici la sortie, le pestacle est fini ! s'écria le lutin, furieux. Eh bien, si c'est comme ça, moi aussi je décampe.
Aussitôt ce fut un éclat de rire général et tous s'empressèrent de le suivre.

Tous, à l'exception de Patouch, qui resta aux côtés d'Odilon.
– Oh non, regardez-moi dans quel état ils me l'ont mise : elle est toute fichue maintenant !
– Mais pas du tout, lui dit la mouche. Elle est encore très bien, cette boîte à couacs ! Tiens, pour tout avouer, elle me donne même envie de danser. Alors si tu veux…
– Et comment je vais vivre sans ma musique ? se lamenta le grillon. Cette boîte, c'était mon gagne-pain…
– Allez, ne pleure pas. On peut essayer de le réparer, ton casse-croûte, dit Patouch en lui posant une patte sale sur l'épaule.
– Mais non, c'est sans espoir, soupira Odilon. Elle est juste bonne pour la casse, voilà tout.
– Alors là tu tombes à pic, s'exclama la mouche. Parce que la casse, c'est mon affaire.

Puis, tirant avec insistance la manche du grillon, elle le supplia :
– Je peux la prendre, alors ? Dis, tu me la donnes, ta guimbarde, hein ?
– Bah, prends-la si ça peut te faire plaisir, lui dit Odilon. De toute façon elle n'aurait rien fait d'autre que de m'encombrer.
Sur ce il s'éloigna tristement et disparut dans le jardin. Après une nuit agitée et sans sommeil, le pauvre grillon s'efforça de retrouver ses esprits et se mit en quête de nourriture. Heureusement, en cette saison la nature était douce et généreuse et il trouva sans difficultés de quoi subsister.

Mais en hiver ce fut une autre affaire. Il dut subir le vent, la pluie, lutter contre le froid et surtout la faim. Quand il ne lui resta plus rien à manger, il se décida alors à mendier. Hélas, partout où il passait, personne ne le reconnaissait et on lui claquait toujours la porte au nez. Ses pauvres habits parlaient contre lui et sans sa musique il n'était rien. Rien qu'un vagabond, un traîne-misère qui pour survivre fouilla dans les poubelles.

– Eh là, pas touche! s'écria la mouche. Les poubelles, c'est mon boulot à moi.

– C’est que… vois-tu… enfin tu sais… dit le grillon un peu gêné.
– Je sais, les temps sont durs, mon pauvre ami, gémit Patouch. Depuis ce matin je gratte, je fouille, je creuse, je fouine partout par ce froid épouvantable, et tout ça pour quoi ? pour une vieille carpette à moitié mitée et une espèce de guitare fendue qui n’a plus que trois cordes !
À la vue de la guitare fendue qui n’avait plus que trois cordes, le visage du grillon s’illumina soudain :
– Oh mais c’est merveilleux ! s’exclama-t-il. Un violon ! J’ai toujours rêvé d’avoir un violon.
– Ah bon, c’est ça, un violon ! Et tu sais jouer de ce machin ? lui demanda la mouche.
– Je crois… enfin je pense. Mon père en jouait très bien, paraît-il.
– Eh bien, tiens, vas-y, essaie ! dit Patouch en lui tendant l’instrument.

Pendant que le grillon jouait sur trois cordes avec virtuosité, Pascale la cigale, prévoyante, veillait sur ses chansons. Elle les répétait les unes à la suite des autres, les fredonnait sur tous les tons, inlassablement, pour ne pas les oublier. Mais à force de rabâcher, la pauvre finissait par mélanger tous ses airs, et l'eau de la claire fontaine dans laquelle elle se débattait devenait de plus en plus trouble.

– Oh mon Dieu, je n'y arriverai donc jamais ! C'est vraiment pas possible d'être à ce point écervelée !

Elle se lamentait, protestait, marchant de long en large, très agitée, quand soudain une voix au dehors l'appela :

– Mam'zelle, voulez-vous toutes mes ritournelles ?

Pascale poussa un cri de joie et se précipita à sa porte.

– Entre, mais entre donc, grillon ! dit-elle avec empressement. Et viens près du feu prendre quelque chose de chaud.

Odilon, qui rêvait depuis longtemps de la chaleur d'une bonne flambée, ne se fit pas prier. Il accepta avec bonheur et soulagement le fauteuil près de la cheminée et la tisane au miel que la cigale lui servit.

– Et si nous écoutions un peu de musique ? proposa Pascale. J'aime tellement vos ritournelles !

– Avec plaisir, mam'zelle, répondit le grillon en prenant son violon. Ainsi nous serons fin prêts le temps venu.

Marie la Fourmi

Il était une fois un château, un merveilleux château de fourmis, où vivait la reine entourée de ses nombreux sujets.

Des ouvrières, Marie était la plus petite. Chaque jour, elle courait avec ses sœurs de tous les côtés à la recherche d'un peu de nourriture, mais tout ce qu'elle trouvait était trop lourd à porter, ou bien trop gros à traîner pour sa petite taille.

Si bien que ses sœurs se moquaient d'elle en lui faisant un tas de misères. Et quand elle rentrait le soir au château, le dos courbé sous son maigre fardeau, elle était bien souvent la dernière.

La reine des fourmis, qui n'avait pas bon caractère, se mit en colère en apprenant que le plus petit de ses sujets n'accomplissait pas sa tâche. « Nous avons beaucoup de bouches à nourrir, et chacune de nous doit apporter quelque chose au garde-manger ! » s'écria-t-elle furieuse et, sur-le-champ, elle fit renvoyer Marie.

Notre pauvre fourmi s’en fut donc seule dans le jardin. Très vite, elle se perdit et, comme elle ne savait plus où aller, elle se mit à pleurer. Quand elle apprit la cause de sa tristesse, Mireille l'abeille, qui butinait par là, l’invita à la suivre jusqu’à sa ruche.
« Notre reine te trouvera peut-être un petit travail. Il y a tant de choses à faire en ce moment. »

Elles arrivèrent à la ruche où les reçut une grosse abeille coiffée d'une petite couronne dorée : la reine.
« Les fourmis sont de bonnes travailleuses. Les cuisinières sont débordées avec tout ce miel. Tu les aideras », dit-elle.
« Oh, merci majesté ! » fit Marie en s'inclinant du mieux qu'elle put.

La reine la fit conduire aux cuisines. Là, il lui fallut trimer dur du matin au soir, se lever avant le jour et remplir des pots de miel. Mais voilà, Marie plongea ses doigts dans le précieux liquide pour y goûter, et ce qui devait arriver arriva : elle renversa un pot de gelée royale.

Lorsqu'elle eut vent de l'incident, la reine se fâcha et fit jeter dehors la fourmi encore toute poisseuse. Marie se retrouva de nouveau très seule. Pas bien longtemps, car un bourdon vint à passer.

Comme son roi cherchait à se marier, Léon le bourdon emmena Marie jusqu'à son château pour voir si elle ne ferait pas l'affaire. Ils entrèrent dans un trou sombre et sale. Lorsqu'il la vit, le roi des bourdons agita ses ailes et s'exclama : « Ne veux-tu pas être reine, petite fourmi ? »

Être la reine d'un roi aussi laid, non merci, Marie n'en avait pas du tout envie. C'est pourquoi elle s'enfuit à toutes pattes.

Elle courut se cacher dans un bouton de rose et là une petite voix lui dit : « Ce que je m'ennuie à toujours rester repliée sur moi-même. Reste, petite fourmi, reste, je t'en supplie. Tu me tiendras compagnie… » Aussi dit-elle oui à la rose qui s'ouvrit et exhala tout son parfum.

La rose devint ainsi la plus belle des reines du jardin et Marie, qui était toujours la plus petite des fourmis, resta longtemps, très longtemps auprès d'elle dans un bonheur parfait.

Dans la même collection :

VOLUME 1
Histoires de Loulou le Pou, Belle la Coccinelle, Mireille l'Abeille

VOLUME 2
Histoires de Samson le Hérisson, Georges le Rouge-Gorge, Juliette la Rainette

VOLUME 3
Histoires de Antonin le Poussin, Léon le Bourdon, Carole la Luciole

VOLUME 4
Histoires de Amélie la Souris, Siméon le Papillon, Huguette la Guêpe

VOLUME 5
Histoires de Benjamin le Lutin, César le Lézard, Chloé l'Araignée

VOLUME 6
Histoires de Valérie la Chauve-souris, Hugo l'Asticot, Solange la Mésange

VOLUME 7
Histoires de Pascale la Cigale, Adrien le Lapin, Adèle la Sauterelle

VOLUME 8
Histoires de Pierrot le Moineau, Margot l'Escargot, Frédéric le Moustique

VOLUME 9
Histoires de Zabeth la Chouette, Odilon le Grillon, Marie la Fourmi

VOLUME 10
Histoires de Oscar le Cafard, Patouch la Mouche, Ursule la Libellule

ISBN : 978-2-07-061532-2
Dépôt légal : novembre 2007
Numéro d'édition : 152784
Loi n° 49956 du 16 juillet 1949
sur les publications destinées à la jeunesse
Imprimé en France par Qualibris